莫愁湖

鴛央二字是紅閨佳話然乎否〻多少英雄兒女態釀出禍胎冤藪前殿金蓮後庭玉樹風雨摧殘驟盧家何幸一歌一曲長久 即今湖柳如烟湖雲似夢湖浪濃於酒山下藤蘿飄翠帶隔水殘霞舞袖枇葉身微莫愁家小翻借詞人口風流何罪無榮無辱無咎長千里

逶迤曲巷在春城斜角綠楊陰裏赭白青
黃墻御石門映碧溪流水細雨餳簫斜陽
牧笛一逕穿桃李風吹花落落花風又吹起更
兼處處繅車家家社燕江介風光美四月櫻桃紅
滿市雪片鰣魚刀鱭淮水秋青鍾山暮紫
老馬耕閒地一丘一壑吾將终老于此

臺城

秋之為氣正一番風雨一番蕭瑟落日雞鳴

暮人歸去銅缾百丈哀音歷歷如訴　過江咫尺迷樓宇文化及便是韓禽虎井底胭脂聯臂出問尔蕭娘何處清夜遊詞後庭花曲唱徹江關女詞場本色帝王家數然否

高座寺

暮雲明滅望破樓隱隱臥鐘殘院院外青山千萬疊階下流泉清淺鵶噪松廊鼠翻經匣僧與孤雲遠空梁蛛脫舊巢無復歸燕

可憐六代興亡，生公寶誌，絶不關恩怨。手種菩提心劍戟，先墮釋迦輪轉。青史譏彈，傳燈笑柄，枉作騎牆漢。恆沙無量，人間刦數自短。

孝陵

東南王氣，掃偏安舊習，江山鬱肅。老檜蒼松盤寢殿，夜夜蛟龍來宿。翁仲衣冠，獅麟頭角，靜鎖苔痕緑。斜陽斷碣，幾人繫馬而讀。 聞說物換星移，神山風雨，夜半幽靈哭。不記當年開

國日元主泥人淚簇蚕殼乾坤丸泥世界痰卷
如風燭老僧山畔烹泉只取一掬

方景兩先生祠

乾坤欹側藉豪英幾輩空撐住千古
龍逢原不死七竅比干肺腑竹杖麻衣朱袍白
刃朴拙為艱苦信心而出自家不解何故　也知
稷契皐夔閎顛散适嶽降維申甫彼自承
平吾破裂題目原非一踏十族全誅皮囊萬

段竈傀雄而武世間鼠輩如何粧得老虎

洪光

宏光建國是金蓮玉樹後来狂客草木山川何限痛只解徵歌選色燕子啣箋春燈説謎夜短嫌天窄海雲分付五更攔住紅日　更兼馬阮當朝高劉作鎮犬豕包巾幘賣盡江山猶恨少只得東南半壁國事興亡人家成敗運數誰逃得太平隆萬此曾久已生出

西江月

警世

細雨玲瓏葉底春風澹蕩花心夢中做夢最怡
情蝴蝶引人入勝 俗子幾登青史英雄半在
紅塵酒懷豪淡卧旗亭滿目蒼々暮影
世事無端冷淡 老懷何處安排美人頭上插新
梅昨日花枝不戴 粉蝶誇衣徑去黃鶯吞舌
先回醉中丢我在塵埃醒後也無偢倸

老子殘書破帽兒孫綠酒紅裙爭春不肯讓豪兮
轉眼西風一陣　皓月當頭最樂疾雷破柱還
驚世間多少夢和醒羞浔黃粱飯冷

唐多令

寄懷劉道士并示酒家徐郎

一抹晚天霞微紅透碧紗顫西風涼葉些〻
正是客愁〻不穩楊柳外又驚鴉　桃李別
君家霜淒菊已花數歸期雪滿天涯兮付河

橋多釀酒須留待故人賒

思歸

絶塞雁行天東吳鴨觜船走詞塲三十餘年少不如人今老矣雙白髮有誰憐　官舍冷無烟江南薄有田買青山不用青錢茅屋數閒猶好在秋水外夕陽邊

滿江紅

金陵懷古

淮水東頭問夜月何時是了空照徹飄零宫殿淒凉華表才子總緣杯酒誤英雄只向棊盤閙問幾家輸局幾家贏都秋草　流不斷長江流拔不倒鍾山峭賸古碑荒塚淡鴉殘照碧葉傷心亡國柳紅牆墮淚南朝廟問孝陵松栢幾多存年年少

思家

我夢揚州便想到揚州夢我第一是

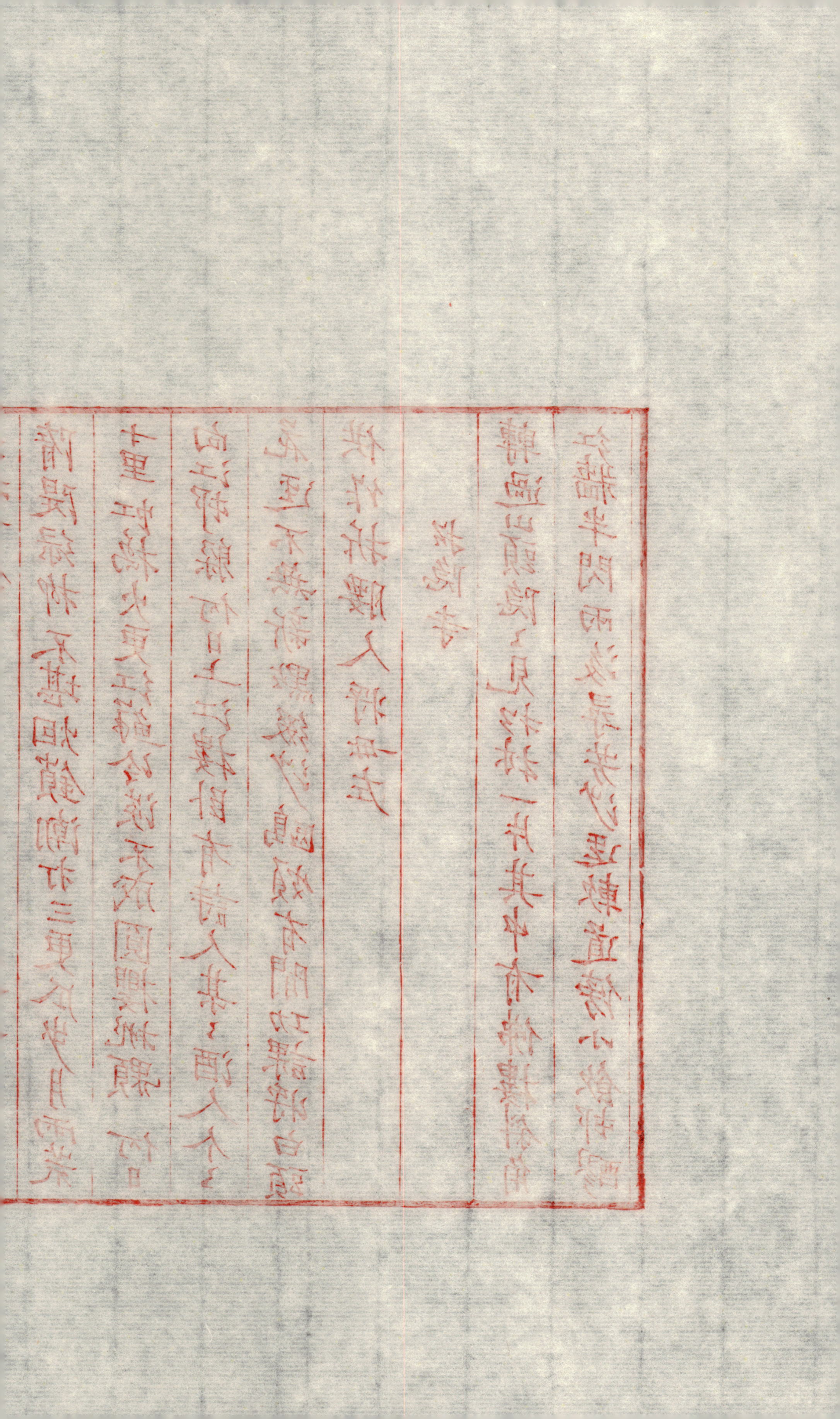

[illegible]

[illegible]

[illegible]

[illegible]

[illegible]

[illegible]

[illegible]

[illegible]

隋隄绿柳不堪烟鎖潮打三更瓜步月雨荒
十里虹橋火更红鲜冷淡不成圓櫻桃顆　何日
向江邨縣何日上江樓卧有詩人某某酒人个个
花逕不無新點綴沙鷗頗有閒功課將白頭
供作折腰人將毋左

招隐寺

轉過山頭隐隐見招林一片其中有佛樓斜角
红牆半閃雨後尋芳沙逕軟道傍小飲邨醪

賤聽石泉幽澗響琮琤清而淺　山門外金泥匾
祇樹下香塗殿看幾朝營造幾朝褒貶七級
浮圖空累積一敲杜宇誰聽見向禪扉合
掌問宗風斜陽遠

田家四時苦樂歌　過楊試格

細雨輕靁蘿蟄後和風動土叟老催人早作東
畬南圃夜月荷鋤村吠犬晨星比櫝山沉霧到
五更驚起是荒雞田家苦　疎籬外桃華灼

池塘上楊絲弱漸茅檐日煖小姑衣薄春韭滿
園隨意翦臘醅半甕邀人酌喜白頭人醉白
頭扶田家樂
麥浪翻風又早是秧鍼半吐看壠上鳴槔滑
滑傾銀漢乳脫笠雨梳頭頂髮耘苗汗滴禾
根土更養蠶忙殺采桑娘田家苦　風盪〻摇
新着聲漸〻飄新擇正青蒲水面紅榴屋
角原上摘瓜童子笑池邊濯足斜陽落晚

風前箇箇說荒唐田家樂

雲澹風高送鴻雁一聲淒楚最怕是打場天氣秋陰秋雨霜穗未儲終歲食畔符已索逃租戶更爪牙常例急于官田家苦　紫蟹熟紅菱剥桄桔響村歌作聽喧填社鼓漫山動郭挾瑟靈巫傳吉兆扶藜老子持康爵祝年年多似此豐穰田家樂

老樹槎枒撼四壁寒蛩正怒掃不淨牛溲

[illegible]

[illegible]

[illegible]

[illegible]

[illegible]

[illegible]

[illegible]

[illegible]

[illegible]

滿地糞渣當戶茅舍日斜雲釀雪長隄路斷

風斂雨儘都春夜火到天明田家苦　草爲榻

藁爲幕土爲銼瓢爲杓砍杉枝帶雪烹葵煮

藿秫酒釀成歡里舍官租完了離城郭笈山

妻塗粉過新年田家樂

陸種園夫子一首

贈王正子

驀地逢君且攜手壚邊細語說蜀棧十年烽

火萬山轟鼓楓葉滿林愁客思黃花徧地迷歸路歎他鄉好景最無多難常聚　同是客君尤苦兩人恨憑誰訴看囊中罄矣酒錢何處吾輩無端寒至此富兒何物肥如許脫敝裘付與酒家孃搖頭去

王女搖仙珮

寄呈

慎郡王

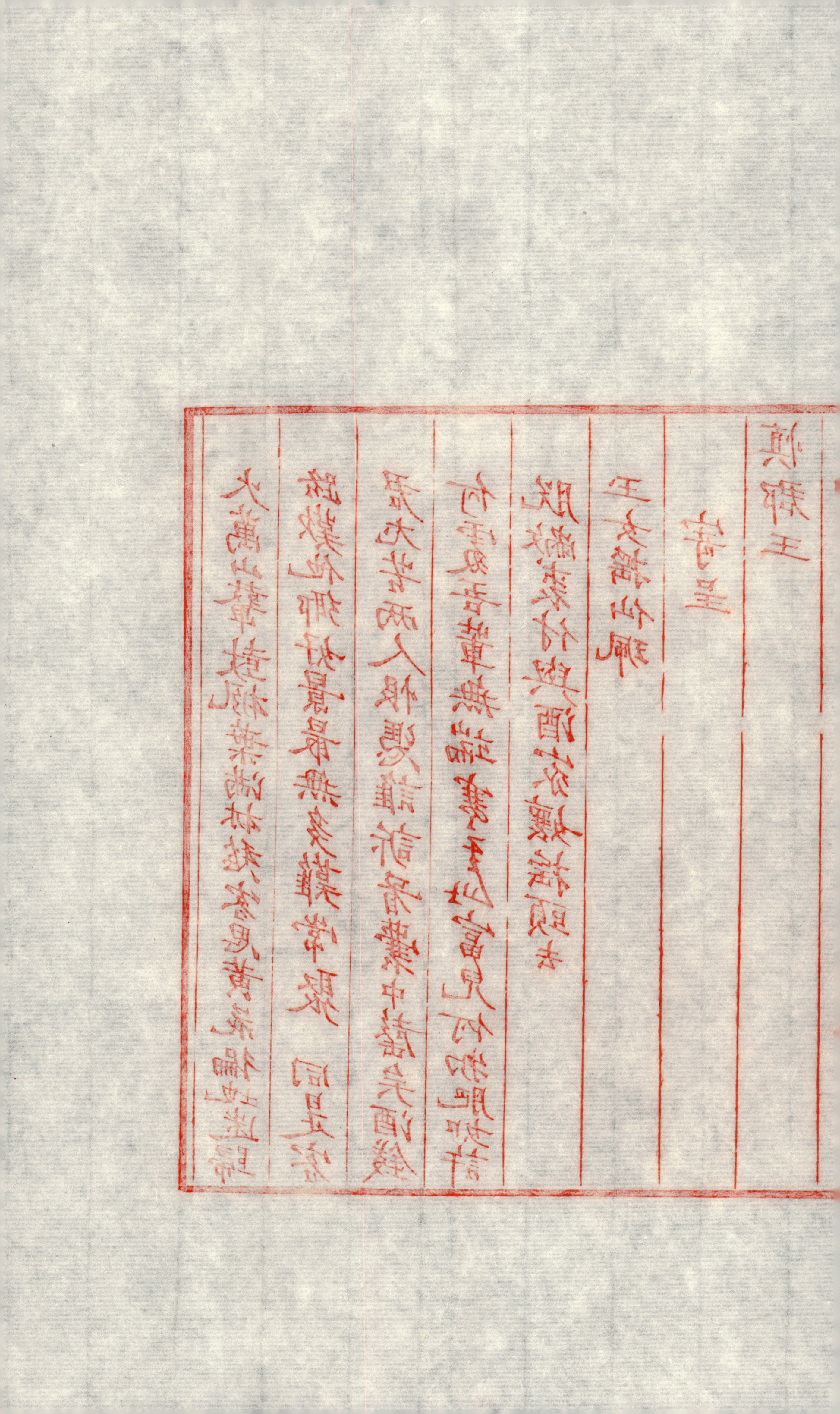

[illegible]

[illegible]

[illegible]

[illegible]

[illegible]

[illegible]

[illegible]

[illegible]

紫瓊居士天上神仙來佐人間

聖世河獻徵書楚元設醴一種風流高致論詩

情字體是王孟先驅鍾張後起豈屑了丹

青繪事已驂倒董巨荆關數子羨一騎翩了

肯訪山中盤根仙李謂梅山李鍇我亦青玉燒燈紅牙

顧曲醉卧瑶臺錦綺一別朱門六年山左老作

風塵俗吏總折腰為米竟何曾小補民生國

計憑攻書青鷹林邉 李氏莊園

紫璦天上詩文不是忙中事舉頭遥望燕山翠

有所感

緑楊深巷人倚朱門不是尋常模樣旋浣春衫薄梳雲髩韻致十分娟朗向芳鄰潛訪説自小青衣人家厮養又没箇憐香惜媚落在煮鶴燒琴魔障頓惹起閒愁代他出脱千思萬想究竟人謀空費天意從來不許多花擅長屈指千秋青袍紅粉多少飄零骯髒且休論已往試

看予十載醋餅盦盎憑寄語雪中蘭蕙春將不遠人間留得嫣無恙明珠未必待塵壞

酷相思

本意

杏花深院紅如許一綫畫牆攔住歎人間咫尺千山路不見也相思苦便見也相思苦　分明背地情千縷撩惱從教訴奈花間乍遇言辭阻半句也何曾吐一字也何曾吐

太常引

聽嘯將軍説邊外風景　諱示雲

滿天星露濕長城夜黑月初生萬瘴馬嘶鳴還夾雜風聲雁聲　紅霞乍起朝先滿地飛鳥立轅門邊塞静無塵須撿點中原太平

水龍吟

寄嘯將軍歸化城

十年不見丰儀鬢鬚應向邊庭老李家部曲程家

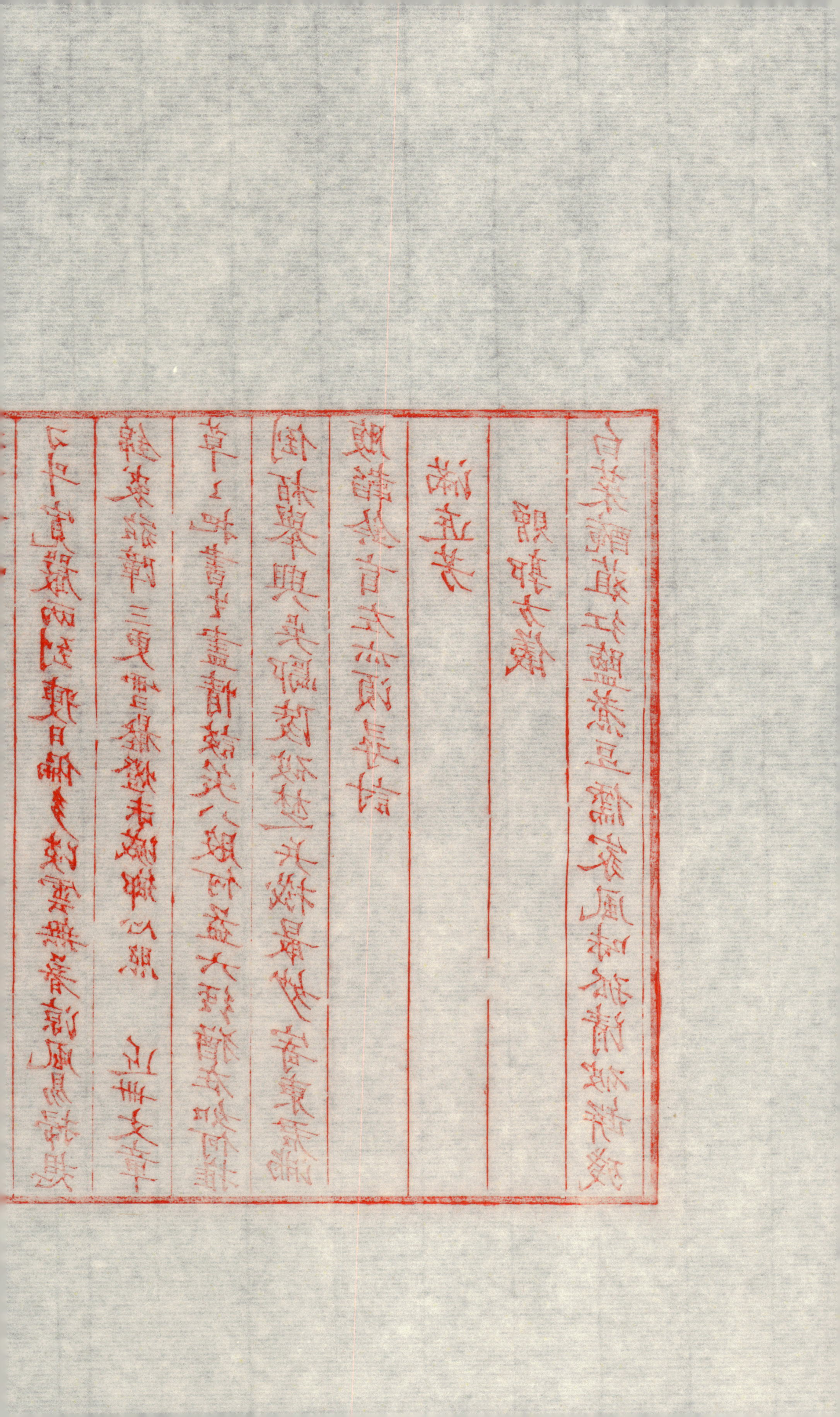

[illegible]

[illegible]

[illegible]

[illegible]

[illegible]

[illegible]

[illegible]

[illegible]

刁斗寬嚴兩到瘦日偏多淡雲無著涼風易掃想錦裘貂障三更雪壓燈未滅鄉心照　近世文章草草把書生盡情談笑八股何益六經猶在如何推倒栢舉輿吳鄢陵破楚兵機最妙寄東君滿腹韜鈐盲左亦須尋討

滿庭芳

贈郭方儀

白菜醃葅紅鹽煮豆儒家風味孤清破餅殘

酒亂插小桃英莫負陽春十月且竹西郊落閒行平山上歲寒松柏霜裏更青青　乘除天下事圍棊一局勝負難評看金尊檀板豪家筆縱橫便是輸他一著又何曾著著讓他贏寒窗裏烹茶掃雪一椀讀書燈

晚景

秋水連天寒鴉掠地夕陽紅透疎籬草枯霜勁颯颯葉聲悲幾點漁莊雁戶為風波釣艇都

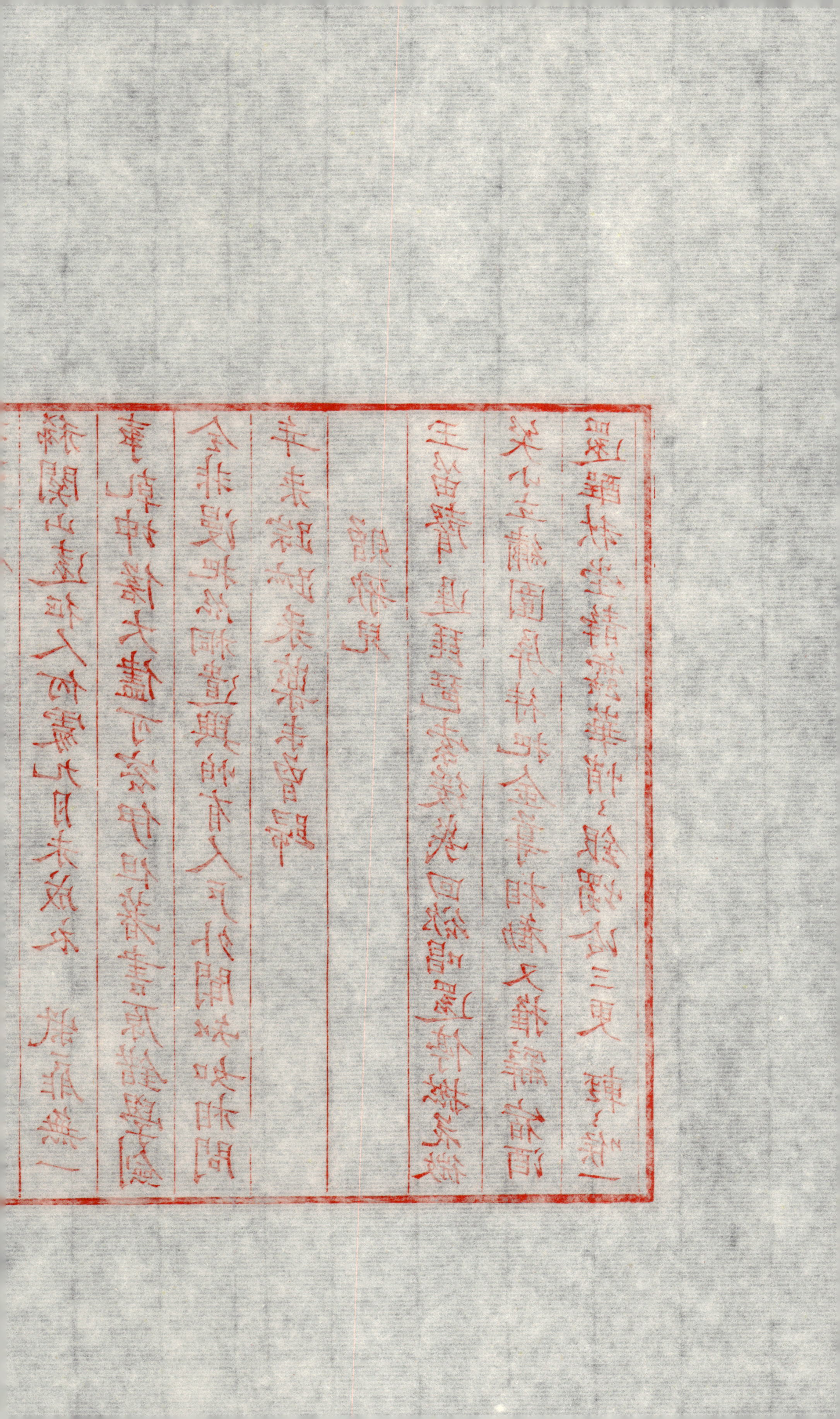

稀關山遠征人何處九月未成衣　柴扉無一事乾坤偌大儘可容伊但著書原錯學劍全非漫把絲桐遣興怕有人戶外聞知如相問年來踪跡采藥未曾歸

贈歌兒

玉笛聲遲琵琶索緩幾回欲唱還停撚花微笑小立繡圍屏待把金尊相勸又推辭宿酒還醒秋堂靜露華悄悄銀燭冷三更　輕輕帳一

轉未曾入破響遲秋星又低聲小疊暗裊柔情

試問青春幾許是莫愁未嫁芳齡吾慚甚髭

黃髮苦未敢說消寃

村居

草綠如秧秧青似草碁盤畫出春田雨濃

桑重鳩婦喚晴烟江上斜橋古岸掛酒旗

林外關山城遠斜陽鼓角雉堞暮雲邊 老

夫三十載燕南趙北漲海鑾天 喜歸來故舊

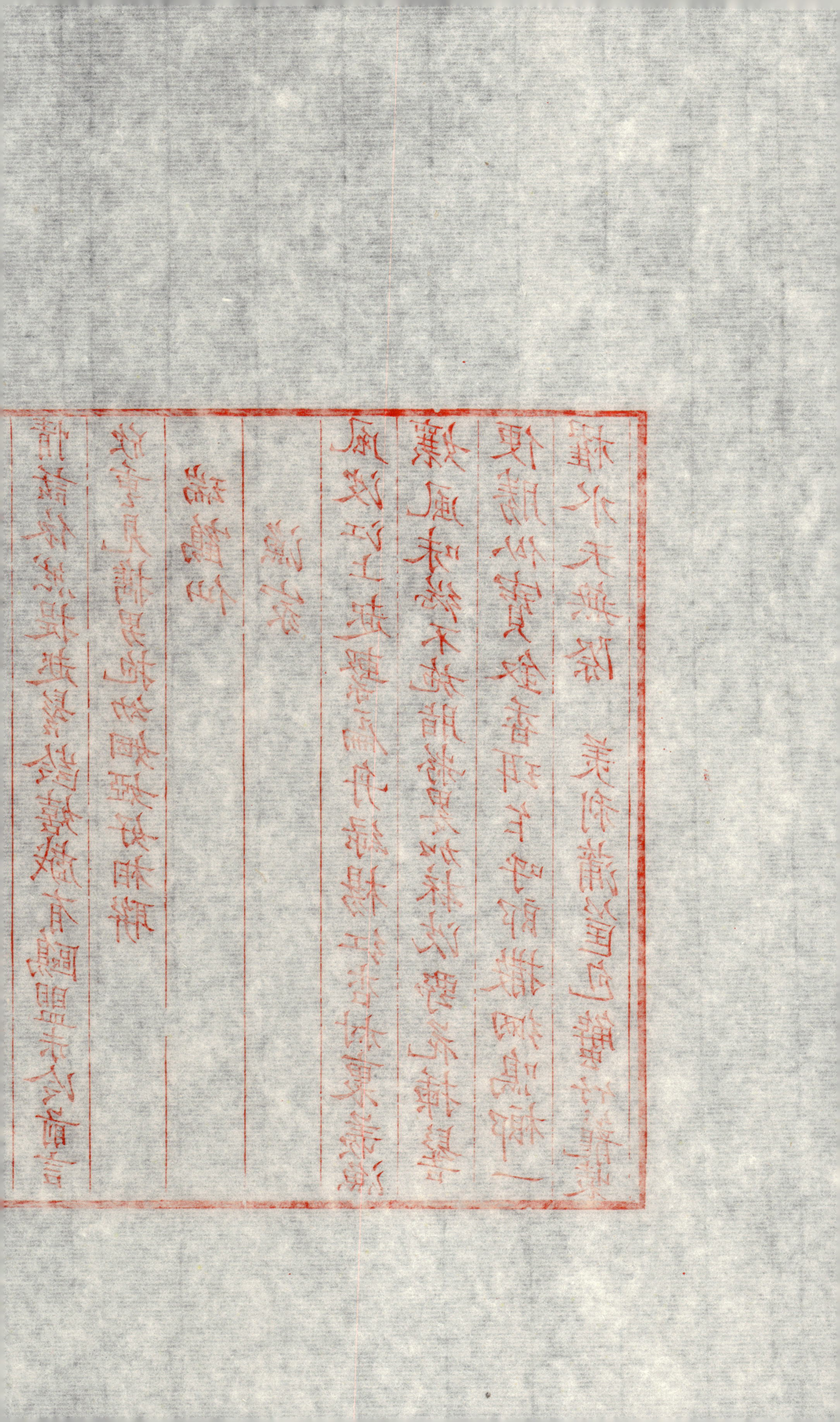

[illegible]

[illegible]

[illegible]

[illegible]

[illegible]

[illegible]

[illegible]

[illegible]

情話依然提起髫齡嬉戲有鷗盟未冷前言欣重見攜男抱幼姻婭好相聯

瑞鶴仙

漁家

風波江上起繫扁舟綠楊紅杏村裏羨漁孃風味總不施脂粉畧加梳洗野花插鬢便勝似寶釵香珥乍呼郎撒網鳴榔一櫂水天無際羨利蒲筐包蟹竹籠裝

蝦柳條穿鯉市城不遠朝日去午歸矣併擕
来一甕誰家美醞人與沙鷗同醉卧葦
花一片茫〻夕陽千里

酒家

青旗江上酒正細雨梨花清明前後蝦螺雜
魚藕沉泥頭舊甕新開未久清醇可口盡
醉倒漁翁樵叟向村墟歸路微茫人與夕陽
薰透　知否世間窮達榮枯卦中奇偶

何須計較捧一觴為君壽頌先生一掃長
安舊夢来覓中山渴友解金貂付與當
壚從今脫手

山家

山深人跡少漸石瘦松肥雲癡鶴老茅齋嵌幽
島有花枝旁出蘿陰上罩游魚了了潭水澈澄
清寂熙咲林中春筍龜梨當得靈芝仙草
飄渺五更日出犬吠雲中雞鳴天表籬笆西角

星未盡月猶皎問何年定訪山中高士濶領方袍大帽也不須服食黃精能閒便好

田家

江天春雨後傍山下人家野花如繡平田大江口喜潮來夜半土膏浸透青秧絡絡埂岍上撒麻種豆放小橋曲港春船布穀烟中楊柳株守最嫌吏擾怕少官錢惟知農友匏尊瓦缶邨釀熟拉鄰叟每長吁稚女童孫長大

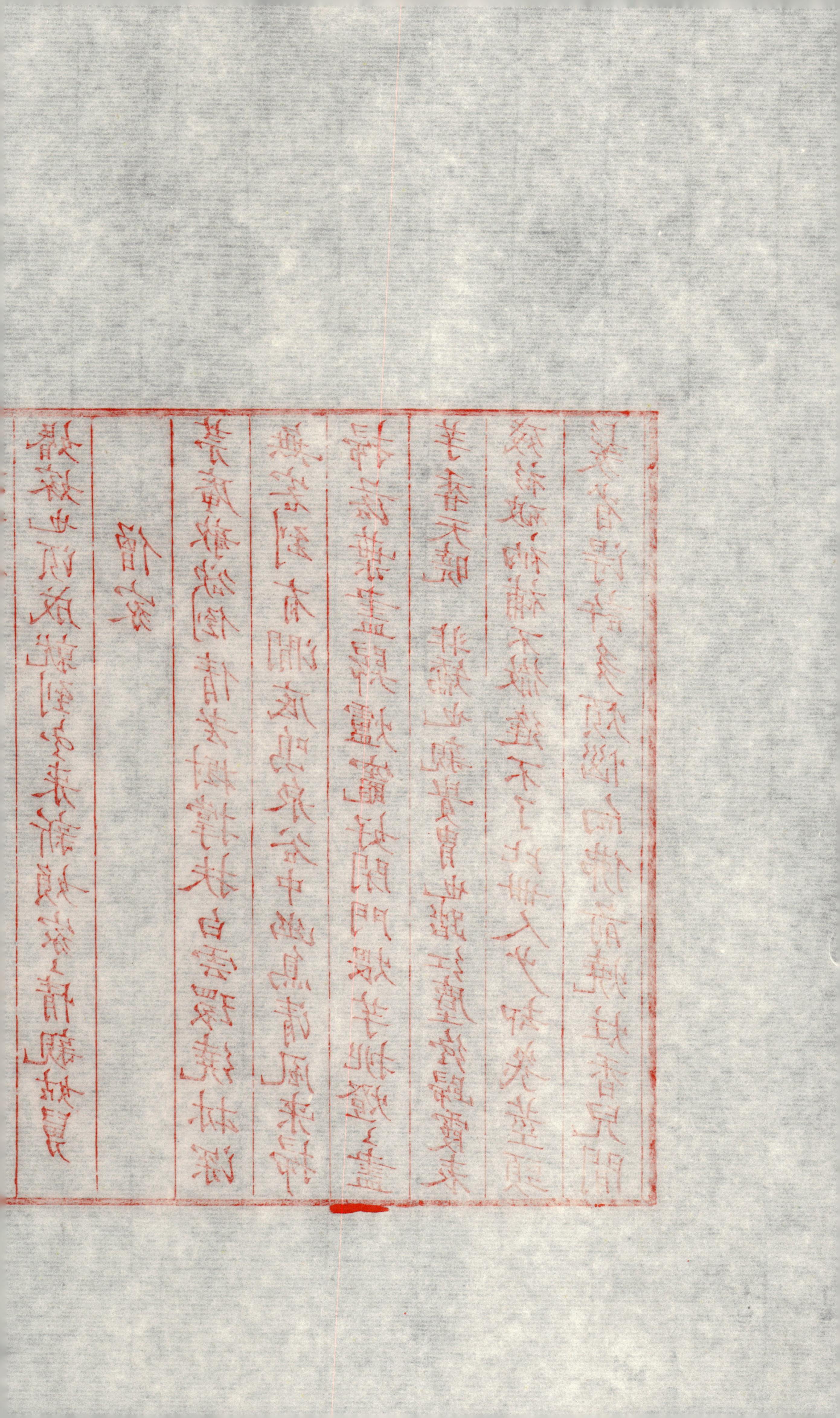

[illegible]

[illegible]

[illegible]

[illegible]

[illegible]

[illegible]

[illegible]

婚嫁也須成就到〻来新婦家〻情親姑舅

僧家

茅庵敧欲倒倩老樹撑扶白雲環繞林深無客到有澗底鳴泉谷中幽鳥清風来掃掃落葉盡歸爐竈好閉門煨芋挑燈〻盡芋香天曉　非矯也親貴胄也踏紅塵終歸霞表殘衫破衲補不徹縫不了比世人少却幾莖頭髮省得許多煩惱向佛前燒炷香兒閒

眠一覺

官宦家

笙歌雲外迥匹燭爛星明花深夜永朝霞樓閣冷尚牡丹貪睡鸚哥未醒戟枝槐影多少金龜玉笋要時間霧散雲銷門外雀羅張逕猛省燕嘲春去雁帶秋來霜催雪際幾家寒凍又逼出梅花信兼天公何限乘除消息不是一家慳之任憑他鐵鑄銅鎸終成畫餅

[illegible]

[illegible]

[illegible]

[illegible]

[illegible]

[illegible]

[illegible]

帝王家

山河同敝屣羨齊子傳賢陶唐妙理禹湯無算計把乾坤重擔兒孫挑起千祀萬禩淘多少英雄閒氣而如今故紙紛〻何限秦頭漢尾休倚幾家宦寺幾編籓王幾回戚里東扶西倒偏重處成乗戾待他年一片宮墻瓦礫荷葉亂翻秋水贖野人破舫斜陽閒收菰米

圖書在版編目 (CIP) 數據

板橋詞鈔 /（清）鄭板橋著 .— 北京 : 社會科學文獻出版社，2015.11
ISBN 978-7-5097-8070-1

Ⅰ . ①板… Ⅱ . ①鄭… Ⅲ . ①中國文學-古典文學-作品綜合集-中國-清代 Ⅳ . ① I214.92

中國版本圖書館 CIP 數據核字（2015）第 225671 号

板橋詞鈔

著　　者 / 鄭板橋

出 版 人 / 謝壽光
項目統籌 / 宋月華
責任編輯 / 孫以年

出　　版 / 社會科學文獻出版社・綫裝分社（010）59367215
地址：北京市北三環中路甲 29 號院華龍大厦
郵編 :100029　　網址：www.ssap.com.cn
發　　行 / 市場營銷中心（010）59367081 59367090
讀者服務中心（010）59367028
印　　裝 / 揚州古籍綫裝文化有限公司

規　　格 / 幅面尺寸：210mm×320mm
幅　數：88 幅
版　　次 / 2015 年 11 月第 1 版　2015 年 11 月第 1 次印刷
書　　號 / ISBN 978-7-5097-8070-1
定　　價 / 1800.00 圓

圖書在版編目(CIP)數據

板橋詞鈔 /（清）鄭板橋著. -- 北京：社會科學文獻出版社，2015.11
ISBN 978-7-5097-8070-1

Ⅰ. ①板… Ⅱ. ①鄭… Ⅲ. ①中國文學-古典文學-作品綜合集-中國-清代 Ⅳ. ①I214.92

中國版本圖書館 CIP 數據核字（2015）第 225671 号

板橋詞鈔

著　　者 / 鄭板橋

出 版 人 / 謝壽光
項目統籌 / 宋月華
責任編輯 / 孫以年

出　　版 / 社會科學文獻出版社·線裝分社 (010) 59367215
　　　　　地址：北京市北三環中路甲 29 號院華龍大廈
　　　　　郵編：100029　　網址：www.ssap.com.cn
發　　行 / 市場營銷中心 (010) 59367081 59367090
　　　　　讀者服務中心 (010) 59367028
印　　裝 / 揚州古籍線裝文化有限公司

規　　格 / 幅面尺寸：210mm×320mm
　　　　　幅　數：88 幅
版　　次 / 2015 年 11 月第 1 版　2015 年 11 月第 1 次印刷
書　　號 / ISBN 978-7-5097-8070-1
定　　價 / 1800.00 圓